L'arbre
à Grands-Pères

Danièle Fossette
Claire Legrand

Père Castor
Flammarion

1. Un grand-père sur une branche

– Sabrina, Cassandre, Erwan,
qu'est-ce qu'un arbre généalogique ?
   La maîtresse pose parfois
de drôles de questions !
– Et toi, Ousmane,
sais-tu ce que c'est ?

Moi ? Je connais le pommier
du jardin de monsieur Prosper,
un gros châtaignier tordu
et même des saules qui pleurent.

Mais un arbre gêné…
gêné-pas-logique,
je n'en ai jamais vu.
D'ailleurs, j'en suis sûr,
personne dans la classe
n'en a entendu parler.

À part Sophie, bien sûr.
Elle a sûrement appris le nom
de tous les arbres de la terre
par ordre alphabétique.

Tiens, justement,
c'est elle qui répond !

Comment ?

Elle dit que c'est un arbre
où l'on met les grands-pères
et les grands-mères !

Oh ! là, là !, pauvre Sophie. Il a dû
lui pousser un bonsaï dans la tête !
Cela nous fait bien rire.

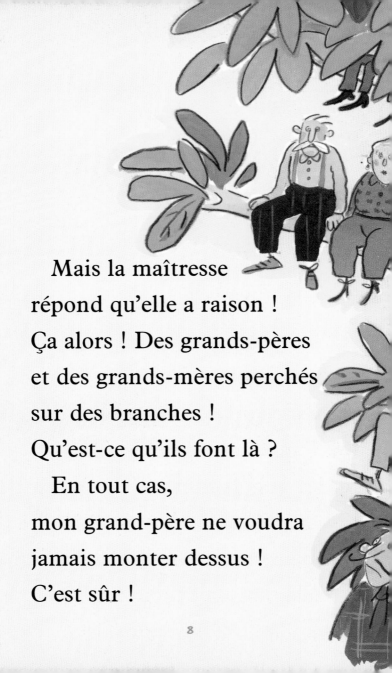

Mais la maîtresse
répond qu'elle a raison !
Ça alors ! Des grands-pères
et des grands-mères perchés
sur des branches !
Qu'est-ce qu'ils font là ?
   En tout cas,
mon grand-père ne voudra
jamais monter dessus !
C'est sûr !

Alors la maîtresse explique
qu'un arbre généalogique
n'est pas vraiment un arbre.
Il en a juste la forme.
Il permet de présenter
l'histoire d'une famille.

Et elle nous demande d'apporter
une photographie de nos parents,
de nos grands-parents
et de les interroger sur leur vie.

Pour Papa et Maman,
pas de problème.
Mais pour Grand-Père, catastrophe !
Comment le convaincre
que ma maîtresse veut sa photo ?

De retour à la maison,
je la lui demande quand même.
Il me regarde droit
dans les yeux et il me dit :
– Jamais personne
ne m'aplatira sur une image,
même pas ta maîtresse !
– Mais, Grand-Père, c'est juste
pour la mettre dans un arbre.
– Un arbre !
Elle veut accrocher
ma photo à un arbre !
Mais je vais lui dire deux mots !
– Justement, elle veut aussi
que tu lui racontes ta vie.

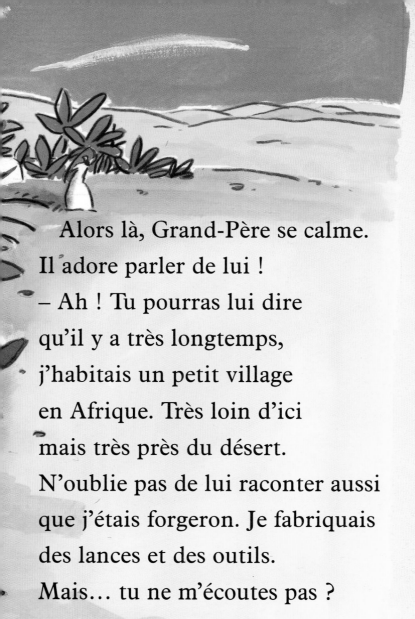

Alors là, Grand-Père se calme.
Il adore parler de lui !
– Ah ! Tu pourras lui dire
qu'il y a très longtemps,
j'habitais un petit village
en Afrique. Très loin d'ici
mais très près du désert.
N'oublie pas de lui raconter aussi
que j'étais forgeron. Je fabriquais
des lances et des outils.
Mais… tu ne m'écoutes pas ?

La vie de Grand-Père
me passionne d'habitude.
Mais aujourd'hui,
je me sens embarrassé.
Je réalise que je devrai parler
de notre famille
devant toute la classe.
– Grand-Père, j'ai peur
que les autres se moquent de moi.
Tu es le seul grand-père,
qui s'appelle Karamoko.
– Et alors ? Tu leur expliqueras
que mon prénom signifie
«Grand Chasseur de Lions»!
Il y a de quoi être fier, non ?

– Oui… enfin…
quand il y a des lions.

– Tu n'auras qu'à ajouter
que j'ai traversé le désert.
– Oui, mais toi,
c'était sur un dromadaire.
Le grand-père de Sophie, lui,
a fait le Paris-Dakar en voiture !

– Dis-leur que la nuit,
je sais me guider
grâce aux étoiles.
– Ici, les rues sont éclairées,
tu sais.

– Et si tu parlais
de mon couscous ?
Je sais bien le faire, non ?
– Oui, mais tu le manges
avec les doigts. À la cantine,
tu te ferais gronder !
Non, le mieux,
ce serait que je dise
que tu t'appelles euh…
Maurice et que tu es charcutier,
comme le grand-père de Julien.
Dis, tu es d'accord, Grand-Père ?
– Moi, charcutier ? File d'ici,
avant que je ne te transforme
en saucisson !

Je sens bien que je suis injuste
avec Grand-Père.
Ah, les histoires de famille,
c'est vraiment compliqué !

2. Le coup du tam-tam

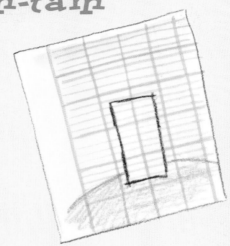

À l'école, les copains racontent
la vie de leur grand-père fermier
ou de leur grand-mère boulangère.
 Moi, je regarde en silence
mon arbre généalogique.
Je lui ai dessiné juste un tronc.
J'aimerais bien me cacher derrière.

Mais la maîtresse insiste :
– L'histoire de votre famille
a commencé bien avant vous,
et vous la continuerez à votre façon.
Si vous l'oubliez, elle se perdra.
Savoir d'où l'on vient,
c'est comme avoir des racines.
Et les enfants comme les arbres
ont besoin de leurs racines
pour grandir.
Mais d'abord,
j'ai une surprise pour vous.
Quelqu'un a souhaité
venir vous parler de tout cela,
et j'en suis très heureuse.

Pourquoi me regarde-t-elle ?
Elle attend peut-être
qu'il me pousse des racines
aux pieds !
Soudain, on frappe à la porte.

– Entrez, dit la maîtresse ravie.

Et la porte s'ouvre.

Grand-Père ! Que fait-il ici ?

Il entre dans la classe,

avec son tam-tam et son boubou.

– Je suis le grand-père
de Ousmane.
Je m'appelle Karamoko,
ce qui veut dire… euh…
«Grand Chasseur», dit-il
en m'adressant un clin d'œil.

Je viens raconter une histoire
que le vent du désert m'a apportée.
  Boum ! Boum ! Boum !
Son tam-tam résonne
aussi fort que mon cœur.

À chaque coup, je m'enfonce
un peu plus sur ma chaise.

– Ah ! Le désert !
Savez-vous qu'il n'y a rien
de plus beau au monde…
et rien de plus terrible aussi.
Car le désert avance,
avance toujours plus loin
et transforme en poussière
tout ce qu'il touche.
Et rien ni personne ne l'arrête.

Bien sûr, les hommes
et les animaux ont essayé.
Mais le désert a continué
d'avancer, d'avancer.
Il a asséché les rivières,
il a assoiffé les plantes,
il a tué les animaux,
il a fait fuir les hommes.
Jusqu'au jour où…

Je regarde autour de moi, inquiet. Que pensent les autres ? Mais tous les élèves écoutent mon grand-père, bouche bée.

– Jusqu'au jour où, dit-il,
quelqu'un a eu l'idée
de demander l'aide
des Grands Arbres.
Ils ont accepté.
Ils se sont serrés très fort
les uns contre les autres,
jusqu'à former une forêt...

Ils ont enfoncé leurs racines
très profondément dans la terre.
Et ils ont attendu courageusement.
Le désert s'est approché d'eux.
Mais jamais, jamais
il n'a pu traverser la forêt.
Et savez-vous pourquoi
les arbres ont réussi ?

Dans la classe,
personne ne le sait.
Même pas Sophie.
Mais tous réclament
la suite de l'histoire.
Je me sens rassuré…
et même un peu fier.

Alors, le tam-tam résonne
et mon grand-père ajoute :
– Parce qu'un arbre
qui a des racines solides
est plus fort que tout.
Plus fort que la soif,
plus fort que la peur,
plus fort que le désert.
Au fait, est-ce que vos arbres
ont tous des racines ?
demande-t-il malicieusement.

Discrètement, je me dépêche
de prendre mon crayon
et d'ajouter à mon arbre
des racines et des branches.
Sur la plus grosse d'entre elles,
à la place de la photo,
j'écris KARAMOKO.

– Quelle chance tu as, Ousmane,
dit Sophie. Moi, j'aimerais bien
avoir un grand-père
qui raconte des histoires…

Autres titres
de la collection

Rentrée sur l'île Vanille
Aujourd'hui, c'est le premier jour d'école
de Vaïmiti. Chacun l'encourage,
mais elle ne veut rien entendre…

Un défi du tonnerre
Julie doit prouver à cette peste de Lisa
que la maman la plus géniale de la terre,
c'est bien la sienne !

Le manteau du Père Noël
Le Père Noël doit avoir bien froid :
Simon vient de trouver dans la neige
son manteau tout râpé.

Le vol des bisous
« Avant de partir, Maman m'a promis
de cacher des bisous sous mon oreiller.
Mais le soir venu, plus un seul bisou. »

J'aime trop les chapeaux
Un chapeau sur la tête…
C'est tellement plus rigolo !
Mais, le plus difficile, c'est de le garder…